KB189860

THIS BOOK IS FOR YOU

기분 좋아지는 책

워리 라인스 지음 최지원 옮김

허밍버드
Hummingbird

차례

저는 워리 라인스예요.

이 친구는 희망이,

초코칩쿠키

그리고 얘는 걱정이,

이건 당신에게 바치는
책이에요.

작가가 드리는 말

텐 스피드 출판사(TEN SPEED PRESS)의 친절한 편집자분들이 이 책(생각과 감정, 걱정, 공감을 희망찬 내레이션으로 풀어낸 저의 최고 인기작)을 출간해주시겠다고 했을 때 저는 기뻐서 어쩔 줄 몰랐어요. 규모가 큰 프로젝트를 해보는 게 평생의 소원이었던 데다, 인터넷이 아닌 책으로만 존재할 수 있는 무언가를 만들어볼 좋은 기회라고 생각했거든요. 저는 신이 나서 그림을 그리기 시작했죠.

하지만 흥분이 가라앉기도 전에 또 다른 익숙한 감정이 저를 덮쳐오기 시작했어요. 바로 '불안'이었죠.

저는 평생 이런 불안감을 느끼며 살아왔어요. 불안은 오래전부터 제 곁을 떠나지 않는 동반자이자 저의 창의력을 마비시키는 근원이었죠. 지금 이 감정에 휩쓸려 걱정하기 시작하면 절대로 책을 완성할 수 없다는 걸 저는 알고 있었어요. 그렇게 되면 불안이 순식간에 프로젝트 전체를 지배해서 책뿐만 아니라 저의 정신 건강까지 위험해질 수 있었죠.

그래서 저는 지금껏 살아오면서 처음으로 어떤 결심을 했어요.

제 안의 불안이
출간 프로젝트를
통제하지 못하게
하지만 불안에 관한
제 안의 불안이
못하게 하려는
저에게 (그리고
도무지 통하지 않아서
아예 참여시키지
그러한 결심을
옮기는 건 결코
그래서 성공했느냐고요?
들려줄게요.

제게 소중한
저 대신
하겠다고요.
책을 쓰면서
집필을 방해하지
모순적인 시도는
저의 심리상담사 에게도)
차라리 걱정이를
않기로 결심했죠.
실제 행동으로
쉽지 않았어요.
그 얘긴 지금부터
- 워리 라인스

내가 왔도다!

13

걱정아, 이러지 마.
희망이가 없으면
책을 완성할 수 없어.

앗싸!
초코칩쿠키 득템!

초코칩쿠키

16

그런

명령을

하다니

날

아주

우습게

봤군!

19

* 한숨 쉬며 *
다음 레퍼토리는
"망했네, 망했어!" 하면서
힘껏 호들갑을 떠는 거지?

망했네,
망했어!

망하긴 뭘 망해.
이건 아무한테나
찾아오지 않는
아주 좋은 기회야!

모르는 소리.
기회에는 반드시
절망과 좌절이
뒤따르기 마련이라고!

공개적으로
망신을 당한다?

택시 기사가
쉴 새 없이
말을 걸어온다?

지구 생태계가
완전히 파괴된다?

심리상담사랑
단둘이 승강기에
갇혀버린다?

내가 생각보다 훨씬
무능한 인간이란 사실을
불현듯 깨닫는다?

심리상담사 없이
혼자서 승강기에
갇혀버린다?

앞니 사이에
채소가 낀 채로
장례식에 참석한다?

용이 내뿜는
불을 정면으로
맞는다?

TV 프로그램에 출연해
전국의 아이들에게
비웃음을 산다?

치즈를 갈다가
손까지 갈아버린다?

코뿔소 떼를 만나
납작하게 짓밟힌다?

화장실이 급한데
차가 꽉 막혀서
꼼짝도 못 한다?

비밀번호를
까맣게 잊어버린다?

사과를 한 입
베어 먹었더니
벌레가 기어 나온다?

갑자기
감자 알레르기가
생긴다?

우리 할머니도 아닌
생판 남인 할머니한테
잔소리를 듣는다?

우리 집 개까지
나를 무시한다?

손가락이 소시지처럼
퉁퉁 붓는다?

내 말은 **이 책을 쓴다고** 무슨 일이 벌어지겠냐는 거야.

그럼 진작 그렇게 말했어야지. 하여간 넌 두루뭉술해서 탈이야.

그러니까 손 하나도 제대로 못 그리지!

이 손이 뭐가 어때서. 무슨 소릴 하는 건지 통 모르겠네!

짜잔!
내 스케치 모음이야.

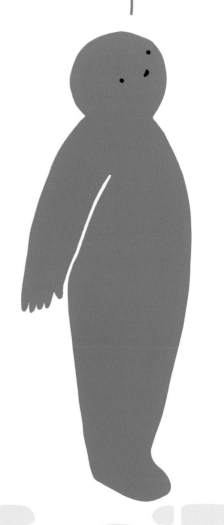

맙소사, 큰일 났군.
생각보다 사태가
훨씬 더 심각해!

만약 당신이 이 글을 똑바로 읽을 수 있다면

당신은 이 책을 잘못 듣고 있는 거예요

선반 1 (왼쪽)
- 기쁨
- 무관심
- 어설픈 충
- 자기혐오
- 긍정
- 가부장제
- 실망

선반 1 (오른쪽)
- 실패
- 과도한 생각
- 강아지
- 배움
- 지나친 자신감
- 환사 목록
- 지독한 치통

선반 2 (왼쪽)
- 심리치료
- 커다란 고독
- 시간
- 질병
- 두려움
- 창작 활동에서 얻는 즐거움
- 표용

선반 2 (오른쪽)
- 케이크
- 번아웃 증후군
- 자아 성찰
- 기억
- 피부 지극
- 이기심
- 감자
- 무연성

선반 3 (왼쪽)
- 음악
- 샌드위치
- 성장
- 깊은 슬픔
- 우주
- 인터넷
- 햇빛

선반 3 (오른쪽)
- 신기한 형태의 구름
- 불안
- 영감
- 넘어지는 장면
- 흘러넘치는 딸기
- 달콤한 위안거리
- 어둠
- 소시지

책의 헌사는
보통 한 줄로
끝내는 거 몰라?

난 아직 이 책을
누구에게 바칠지
못 정해서 말이야…

29

30

일단 뭐라고 썼는지 한번 보기나 하자.

헌사 목록

용감한 걱정꾼

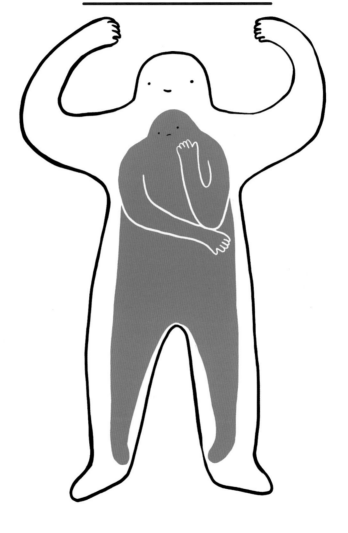

이 책을 당신에게 바칩니다

유난히

예민하고

민감한

사람

이 책을 당신에게 바칩니다

33

책을 사랑하는 독서가

이 책을 당신에게 바칩니다

사소한

말도

가볍게

못 넘기고

깊이

고민하는

사람

이 책을 당신에게 바칩니다

35

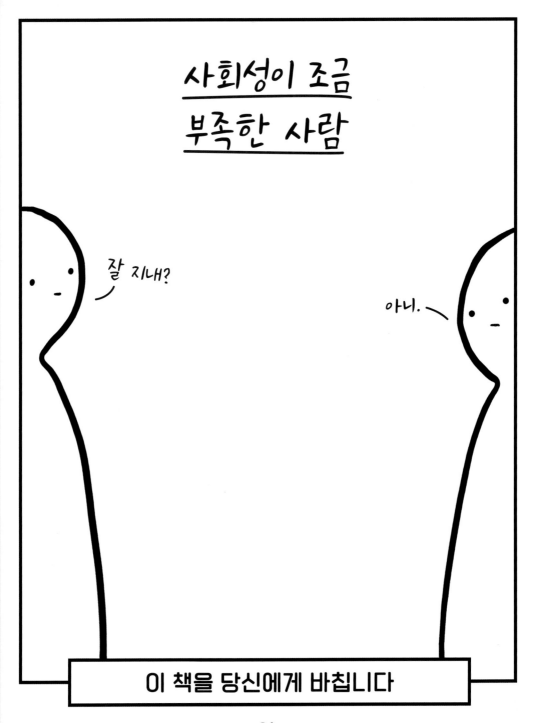

마음이 늘 무거운 사람

 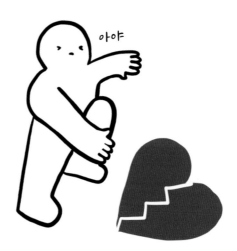

이 책을 당신에게 바칩니다

깜빡깜빡하는 사람

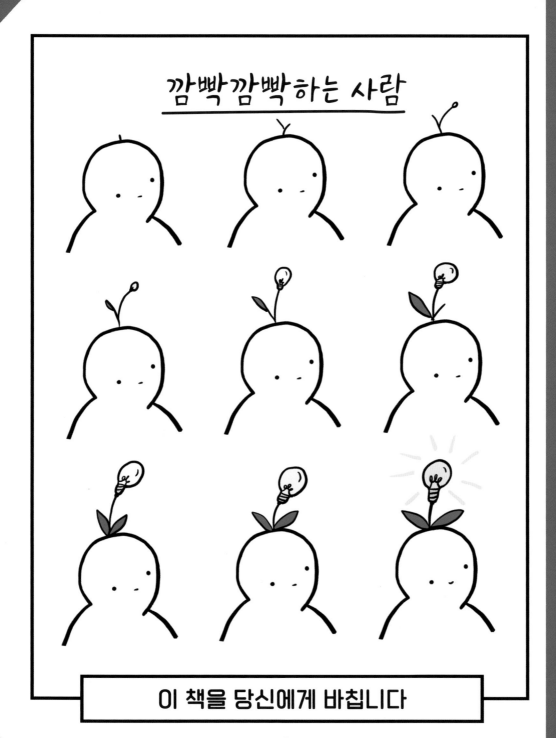

이 책을 당신에게 바칩니다

책을 잔뜩 사놓고
읽지 않는 사람

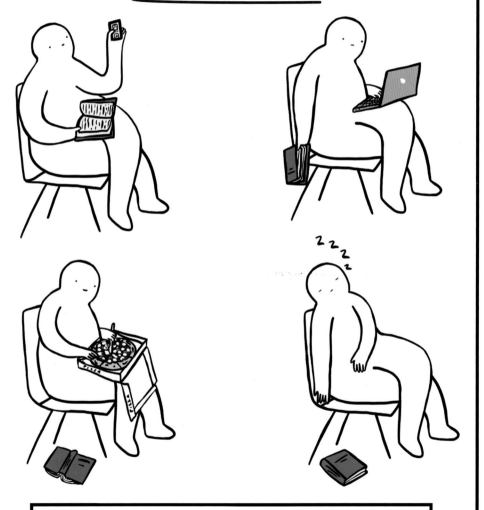

이 책을 당신에게 바칩니다

책을 읽기는 하지만
직접 사지 않는 사람

건설적인 조언이 있다면 얼마든지 환영이야.

꿈 깨셔. 내가 줄 수 있는 건
부정적인 조언뿐이야.
알다시피 그게 내 특기니까!

희망이가 그리워!

너한테는 내가 있잖아!
사실 따지고 보면 희망이랑
나랑 별로 다를 것도 없어.

에이, 농담도 참.
너희 둘은 완전히 반대거든!

희망이도 나도, 다 네가
잘되라고 이러는 거야.

다만 난 네게 상처를 주지 않는다는
점에서 희망이랑 달라.
희망이 때문에 실망했던 일들을
벌써 다 잊은 거야?

게다가 책을 만드는 건 똑똑한 사람들에게도
힘든 일인데, 하물며 너 같은 애한테는
거의 불가능에 가까운 도전이지!

내 조언을 들어보겠어?

아니, 괜찮아.

시도하지 않으면
실패할 일도 없어.

살다 살다 그렇게 힘 빠지는 조언은
또 처음 들어본다. 걱정이 넌 저리 가.
난 희망이를 찾아서 같이 책을 만들 거야.

그러셔? 나한테서 빠져나갈
자신이 있으면 어디 한번 해보시지!

정말 진지하게 경고한다. 저리 안 비키면
지금 당장 심호흡과 명상을 한 다음에
따끈한 차를 마실 거야.

어쭈. 웃기시네.

어림없지.

걱정아, 일어나.
내 감정들이랑 씨름하는 건 나도 괴로워.

첫, 알았어. 하지만
나만 빼고 희망이를
찾으러 가는 꼴을
그냥 보고만 있을 순 없어.

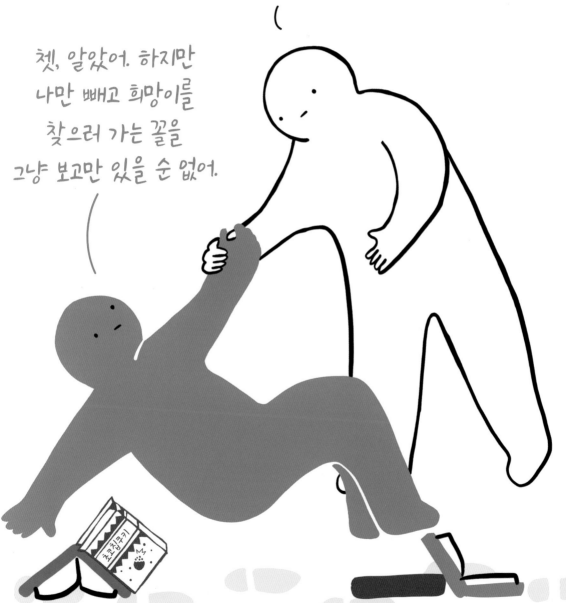

50

좋아. 하지만 쿠키를 돌려주는 대신 두 가지 조건이 있어.
첫째, 희망이를 찾으러 나도 같이 갈 거야.

둘째, 가는 길에 내가 원고를 고쳐줄게.
지금까지 대략 살펴본 바로는
수정할 부분이 셀 수 없이 많을 것 같으니까.

생각에 관한 그림

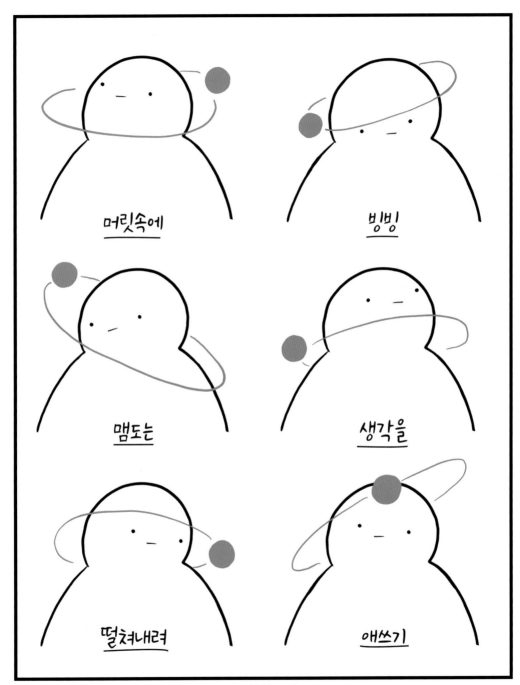

머릿속에

빙빙

맴도는

생각을

떨쳐내려

애쓰기

부질없는 짓

미로 같은 머릿속을 탈출하려는 시도

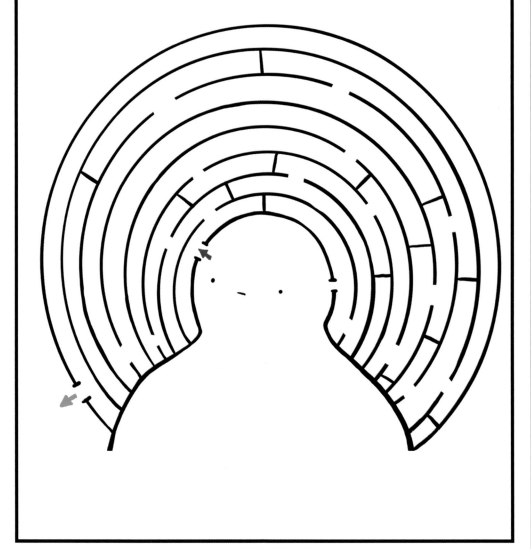

나 혼자만의 게임

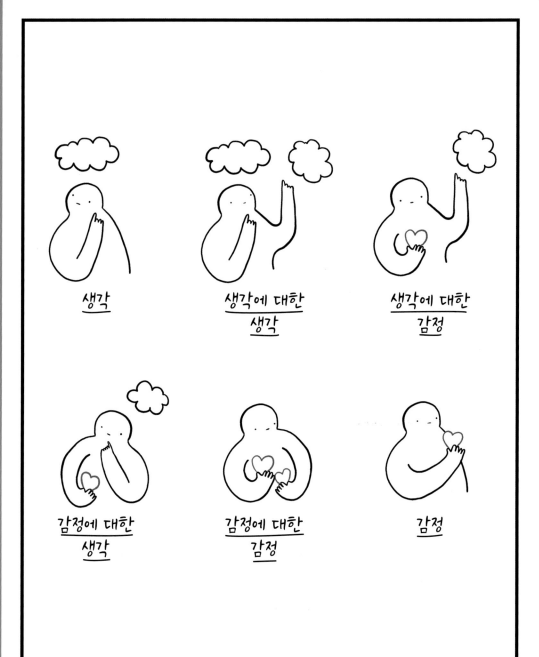

생각

생각에 대한
생각

생각에 대한
감정

감정에 대한
생각

감정에 대한
감정

감정

끝없는 순환

오늘은 안 돼,
부정적인 생각들

오늘은 안 돼,
나를 의심하는 태도

오늘은 안 돼, 해야 할 일은 미뤄두고
자질구레한 집안일만 줄줄이 하면서
내 인생이 엉망진창이라는 사실을
애써 잊어보려는 구차한 시도

오늘은 안 돼.

어떤 날은

다른 날은

어떤 날은

다른 날은

어떤 날은

다른 날은

어떤 날은

다른 날은

어떤 날은

나의 정신 상태

59

여러분은 지금
내면에서 흘러나오는
혼잣말 FM을
청취 중이십니다.
저는 DJ 무의식이고…

여러분의 머릿속에
스치는 모든 생각을
24시간 생방송으로
전달해드리고 있습니다.

단골 주제인 "바보같이
그런 말은 왜 했지"부터
잊을 만하면 찾아오는
"난 정말 구제 불능이야"

그리고 오늘 가장 핫한 주제인
"내 인생은 왜 이 모양일까"와
"배가 고픈 건가,
마음이 허한 건가"까지
연속으로 들려드립니다.

채널 고정

24시간 라이브 스트리밍

시도 때도 없이 꿈틀꿈틀

비밀 양념

이런저런   생각으로   머릿속이

가득 차서   엄청나게   시끄럽고

뒤죽박죽   복잡한   상태

정신 과부하

부정적인 생각들을 머릿속에서
몰아내려는 시도

꽉 막힌 케첩 통과 비슷

두뇌 용량 부족

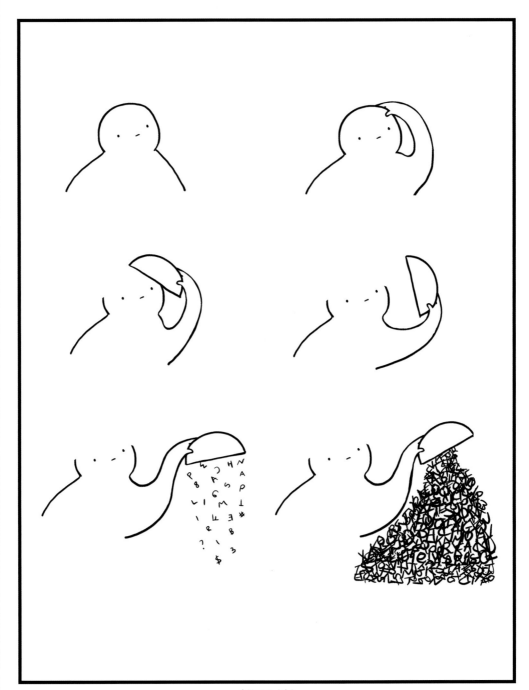

차고 넘침

내가 나의 치어리더 되기

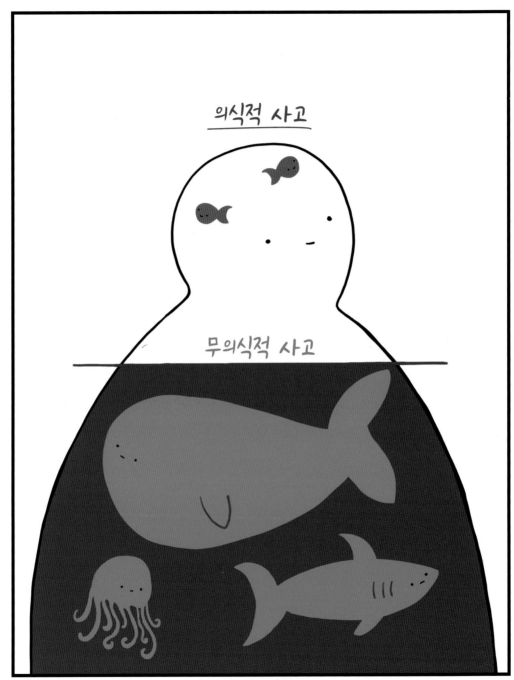

생각의 생태계

생각을 붙잡아보기

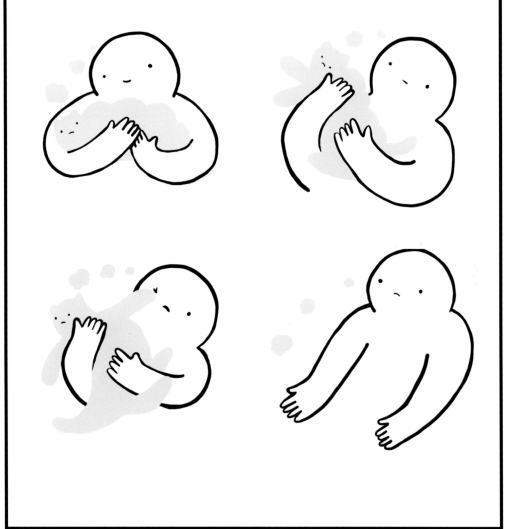

하지만 잡을수록 달아나려 함

됐어! 다 읽었어!
업어줘서 고마워.
걸으면서 동시에
책을 보는 건
여간 어려운 일이
아니거든.

궁시렁궁시렁

이 중 몇 개는 원고 초안에 넣어도 괜찮을 것 같아.
하지만 진짜 책으로 출간할 때는 전문 삽화가한테
의뢰해서 제대로 된 그림을 넣을 거지?

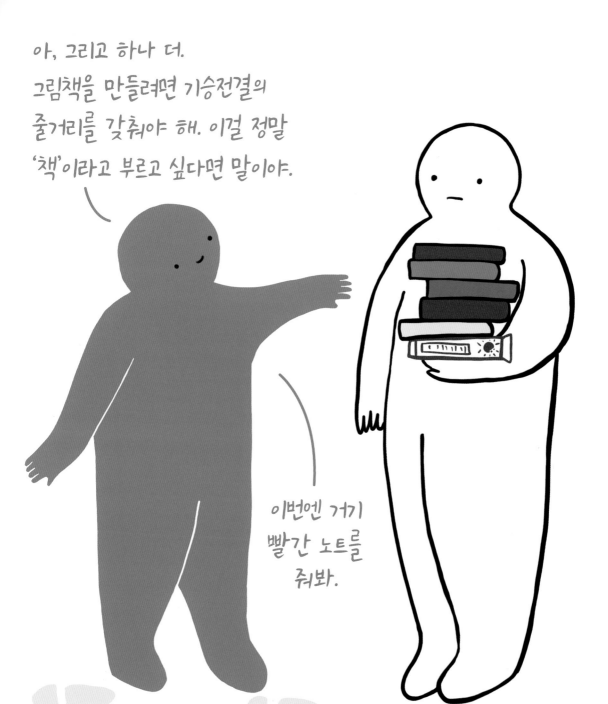

아, 그리고 하나 더.
그림책을 만들려면 기승전결의
줄거리를 갖춰야 해. 이걸 정말
'책'이라고 부르고 싶다면 말이야.

이번엔 거기
빨간 노트를
줘봐.

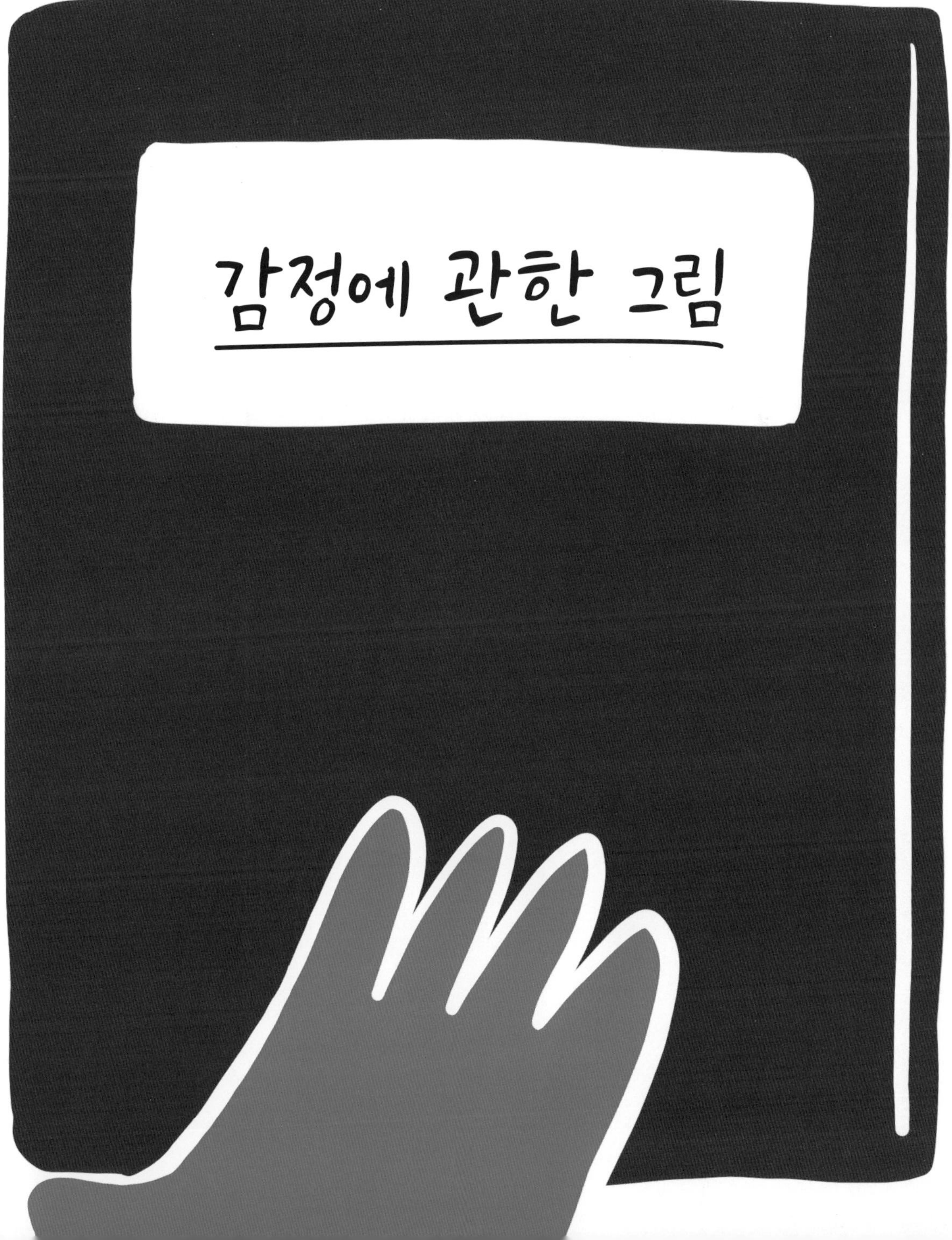
감정에 관한 그림

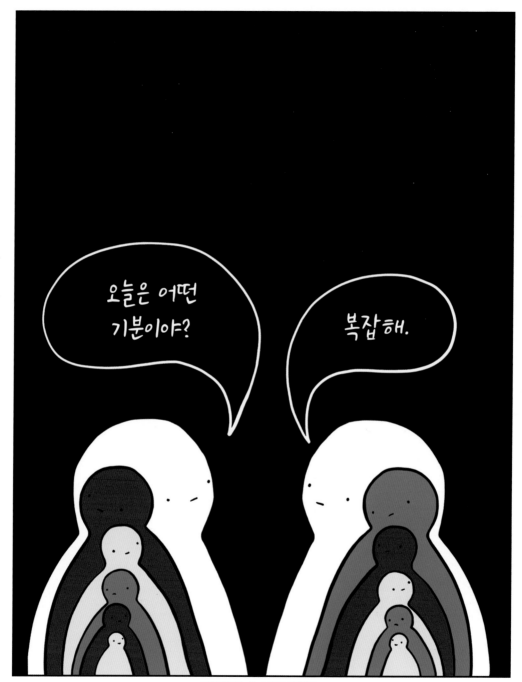

게다가 수시로 변해.

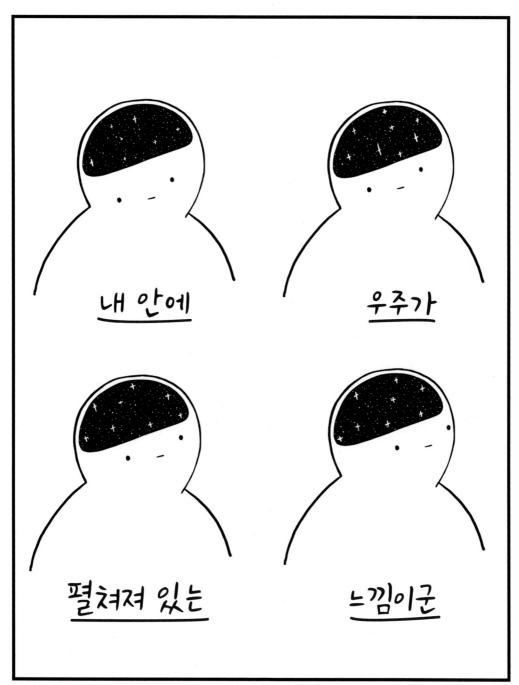

관제 센터 응답하라.

감정 A

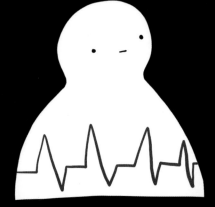

감정 B

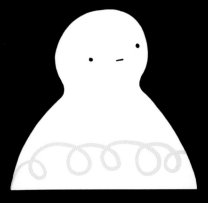

감정 C

동시 발생

불협화음

일어나서

옷을 입고

스트레스 받고

우울감에 빠진다

행운이 필요해.

행복한 감정을 표현하는 말

하늘을 둥둥 떠다니는 기분이야

구름 위에 있는 기분이야

세상을 다 가진 기분이야

커다란 감자를
품에 안고
어떻게 먹을지
고민하는 기분이야

한 가지는 내가 지어냈음

좁아지는 시야

아주 따뜻한 안부 메시지

따뜻한 안부 메시지

온갖 메시지

답장 기다리고 있을게.

크게 생각하라

크게 느끼라

대박 아니면 쪽박

할 일이 너무 많아서
숨이 막힌다고요?

가장 큰 덩어리를
집어 든 다음

작은 단위로
조각조각 나눠봐요.

작은 일은 맘 편히
무시할 수 있잖아요.

꿀팁

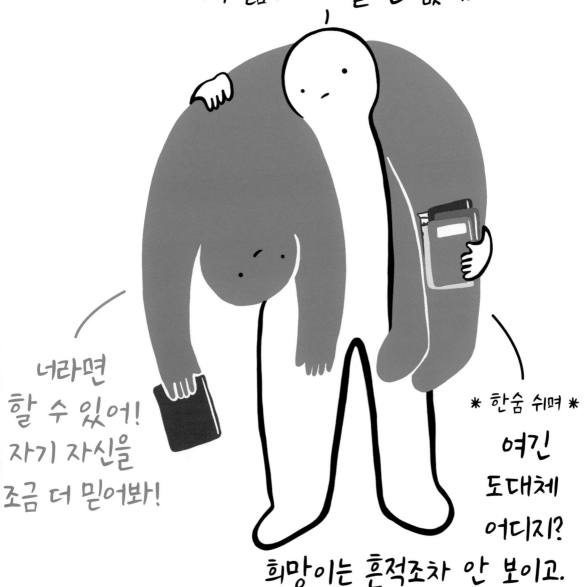

이건 이쪽으로
가는 거고,

그렇다면
현재 위치는…

더는 못 참아.
너랑은 끝이야.

어이구, 어이구.
내가 뭘 어쨌다고?

어라, 이건 나랑 똑같은
파란색이잖아?

안 돼, 이리 줘!
그건 책에 실으려고
그린 게 아니야.

설마… 나를 그린 거야?

걱정에 관한 그림

수상자는 바로…

지독한 근심 씨!

감사합니다,
감사합니다.

우선 카페인과 뉴스와 얇은 지갑에
감사드리고, 누구보다 우리 부모님께
가장 큰 영광을 돌리고 싶습니다.

수상 소감

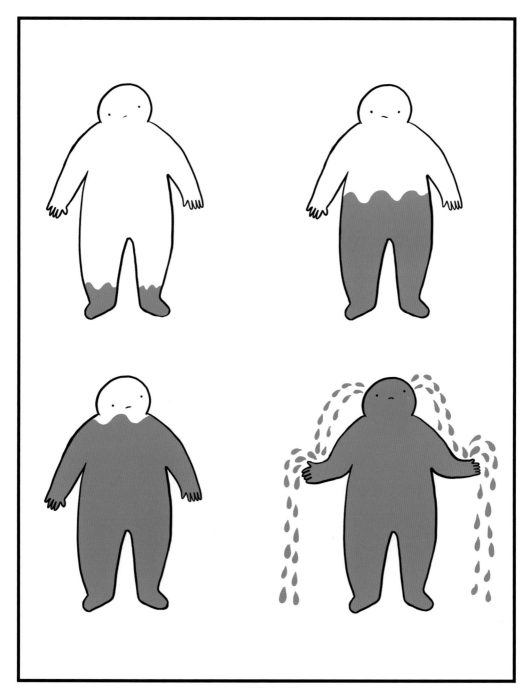

흘러넘친다.

미치겠네.
왜 또 그래.
뭐가 불만인데?

밥 먹고, 물 마시고, 운동하고,
상담받고, 약도 먹었잖아.
목욕도 두 번이나 하고,
낮잠도 두 번이나 잤고…

도대체 뭘
얼마나 더 해줘야
만족하겠어?

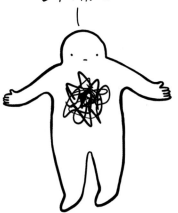

안 돼. 죽은 척하고
모든 관계를 끊은 다음에
아무도 없는 산골짜기에서
새로운 인생을 시작하자니
어림 반 푼어치도 없는 소리 하지 마.

바라는 게 너무 많아.

떠오른다.

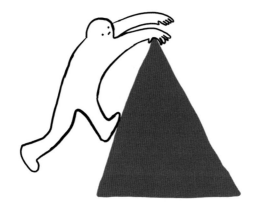

불안감에 따끔따끔한
통증을 느낀다.

절망의 구렁텅이에서
허우적거린다.

의심의 안개를
걷어보려 버둥댄다.

벌써 아침 식사
시간이다!

굿 모닝!

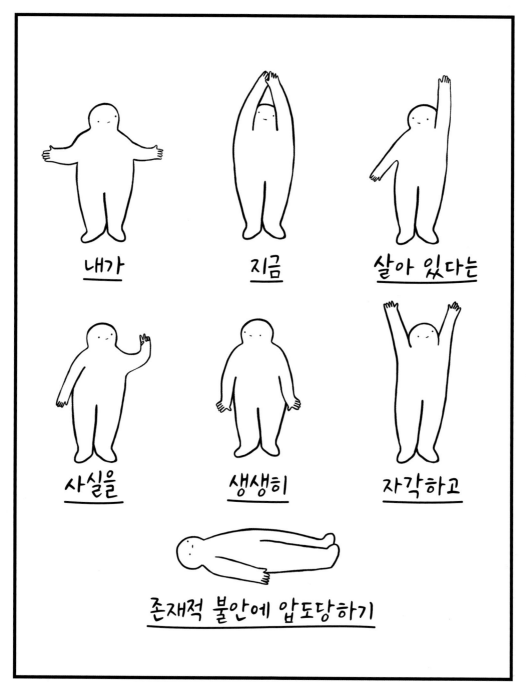

내가   지금   살아 있다는

사실을   생생히   자각하고

존재적 불안에 압도당하기

현재를 살아간다는 것

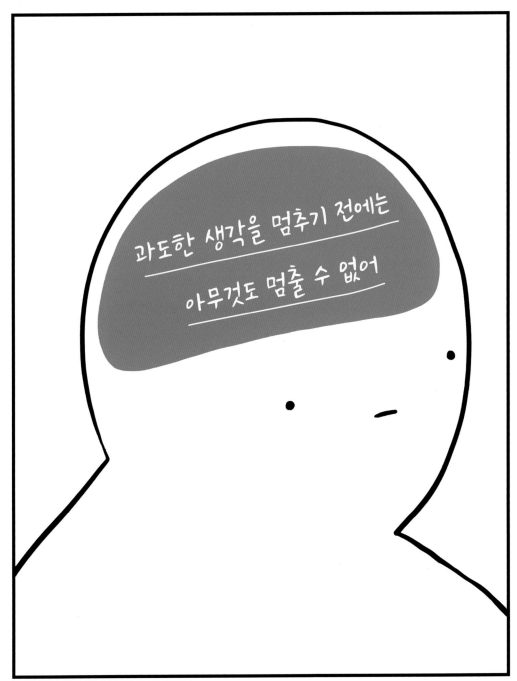

생각의 홍수

불확실성을 포용하기

불안은 두뇌를 빈백 소파처럼 사용한다

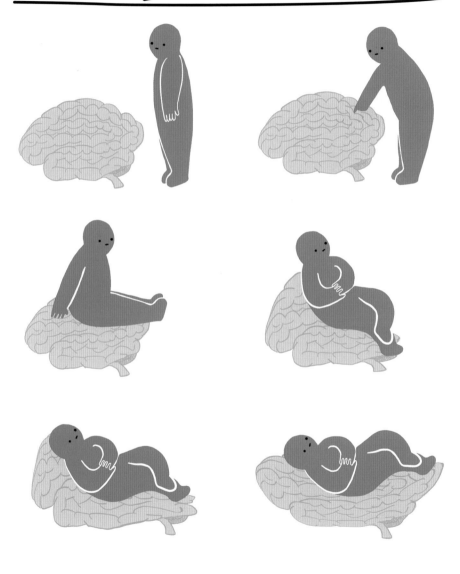

짓눌린 형태를 펼쳐보려는 안간힘

뚫린 구멍을 채우려는 시도

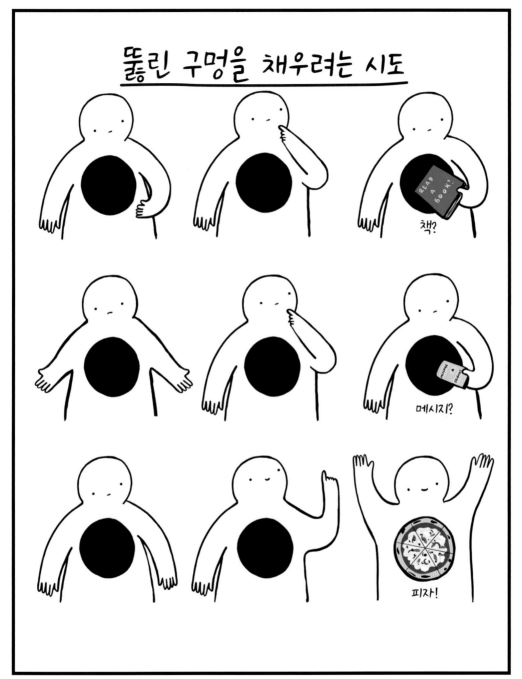

딱 맞는 대체물

네 가지 선택지

망망대해

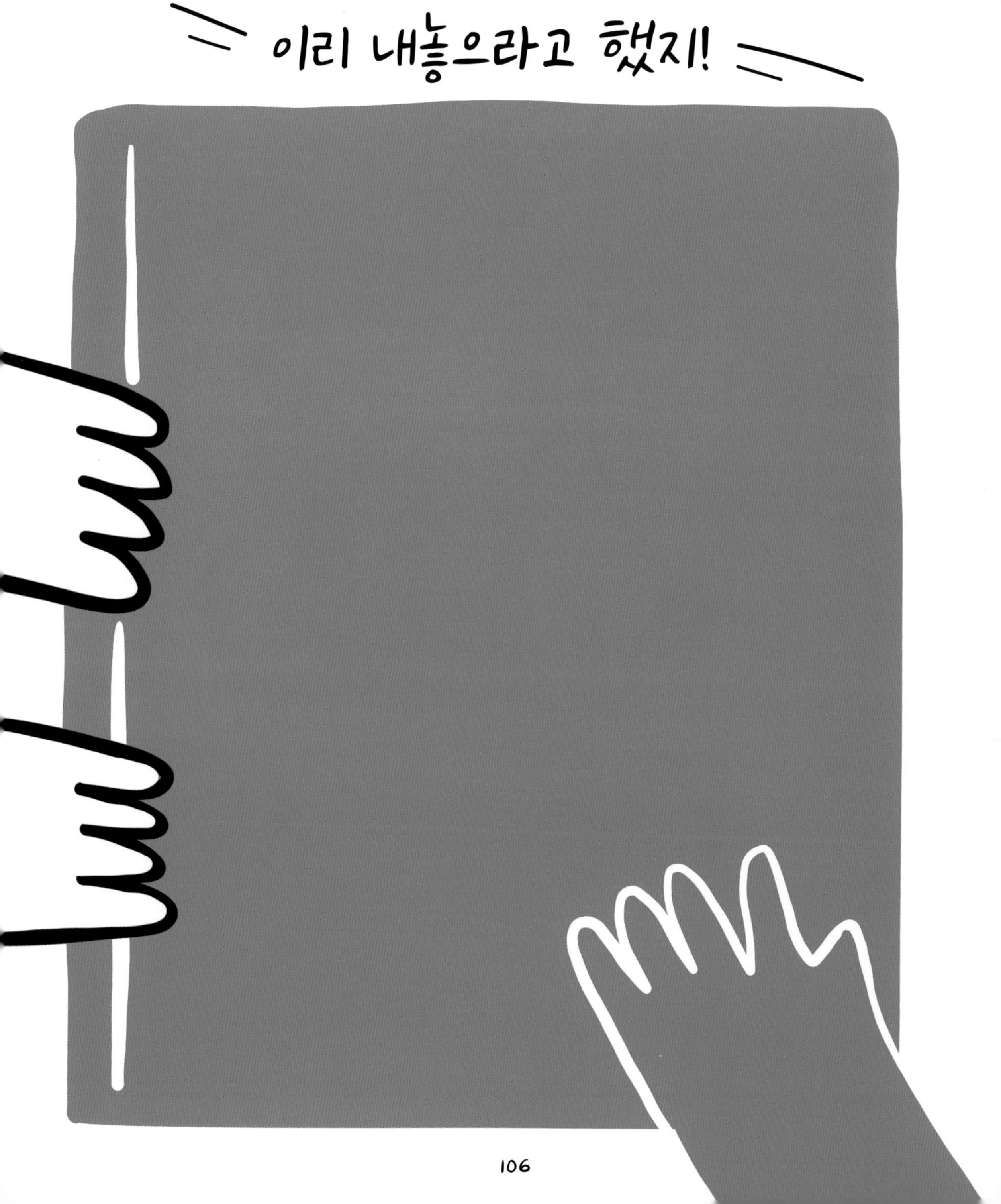
이리 내놓으라고 했지!

108

(이 페이지는 한동안 지속된 어색한 침묵을
표현하기 위해 공백으로 남겨두었습니다.)

흥. 그렇게 나오시겠다?
좋아, 알았어.
내가 사라져줄게.
어디 혼자서 잘해봐.

내가 없으면 얼마나 위험한지
당해봐야 알지.

그리고 미리 말해두는데
날 쫓아올 생각은 하지도 마.
너 하나쯤 따돌리는 건 일도… 앗, 젠장!

나한텐
일도 아니야.

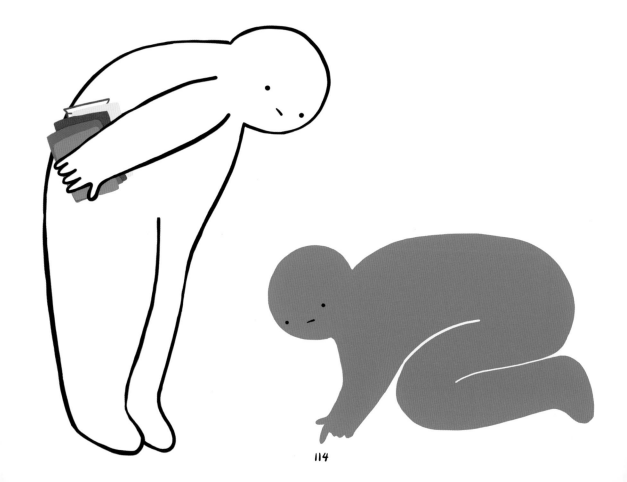

114

쪽 번호?

116

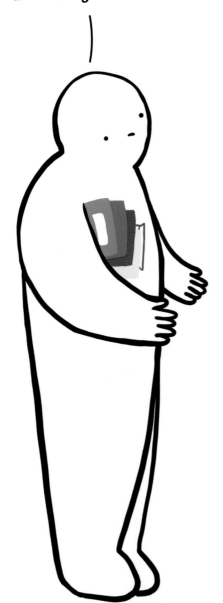

네가 지레 겁먹고
걱정할까 봐
마음이 안 놓여서…

내가 걱정하는 게
하루 이틀 일도 아니고
새삼스럽게 왜 이래.
공황발작을 일으키진
않을 테니 어서 말해.

알았어, 그럼 말한다.
지금 너랑 나는 책 안에, 그러니까
내가 만든 책 안에 들어와 있어. 그리고
이 책의 제목은 《기분 좋아지는 책》인데…

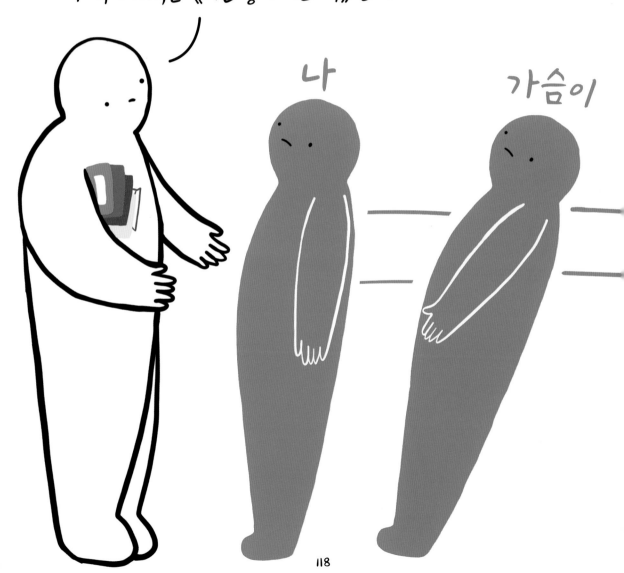

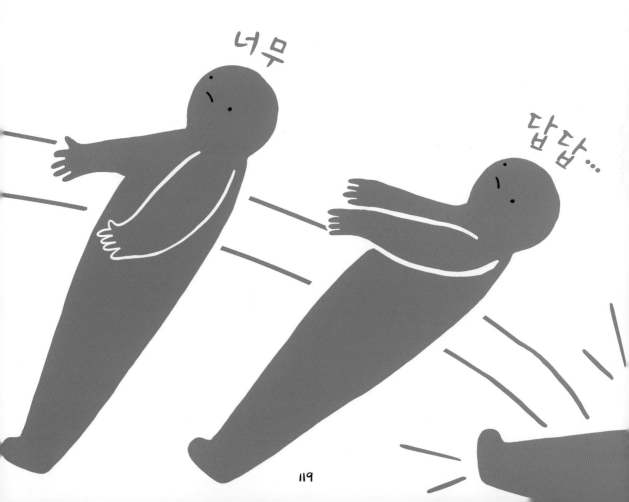

119

봐 봐! 신기하지? 이래서 책이 좋다니까.
자, 일어나. 책 안을 구경시켜줄게!

123

난 네가 책을
좋아하는 줄
알았는데!

읽는 건 좋아하지만
책 안에 들어가는 건
싫다고!

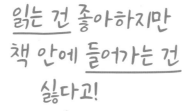

아직 그 상담사를
만나고 있었다니
그것도 정말 충격이야.
그 사기꾼한테
번번이 당해놓고!

그건 너무
과민 반응 같은데!

129

앗, 다 먹어버렸네!
미안. 하지만 넌
별로 먹고 싶지 않았지?
잠깐만, 조금 남은 것
같기도 한데…

여기!

퍽이나 재미있다.
이제 기분이
좀 풀린 모양이지?

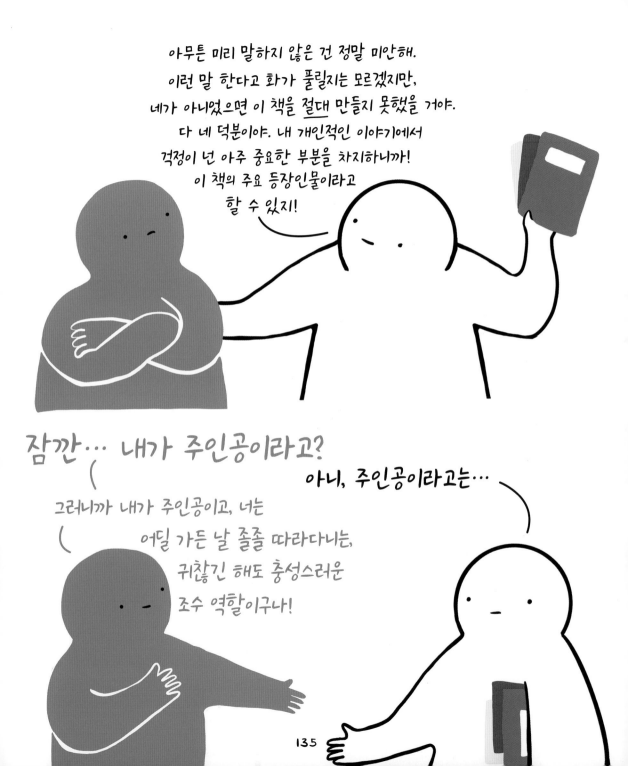

아무튼 미리 말하지 않은 건 정말 미안해.
이런 말 한다고 화가 풀릴지는 모르겠지만,
네가 아니었으면 이 책을 절대 만들지 못했을 거야.
다 네 덕분이야. 내 개인적인 이야기에서
걱정이 넌 아주 중요한 부분을 차지하니까!
이 책의 주요 등장인물이라고
할 수 있지!

잠깐⋯ 내가 주인공이라고?

아니, 주인공이라고는⋯

그러니까 내가 주인공이고, 너는
어딜 가든 날 졸졸 따라다니는,
귀찮긴 해도 충성스러운
조수 역할이구나!

135

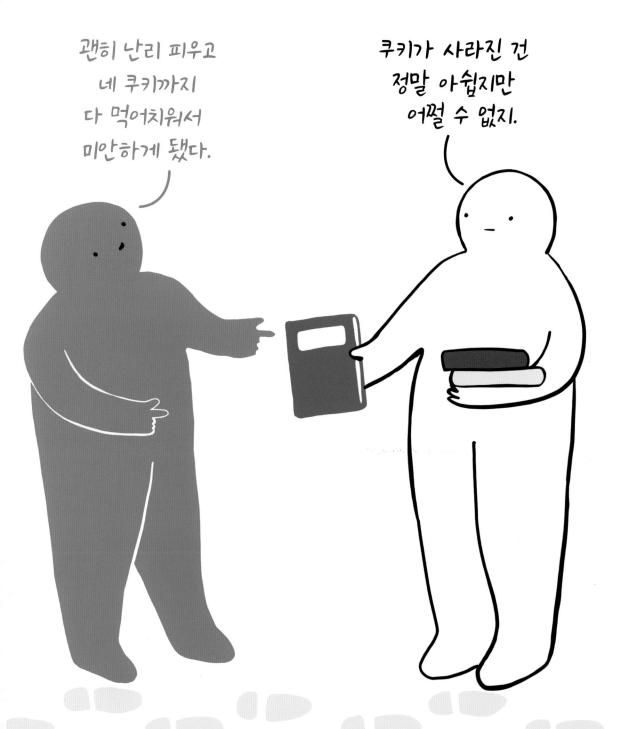

공감에 관한 그림

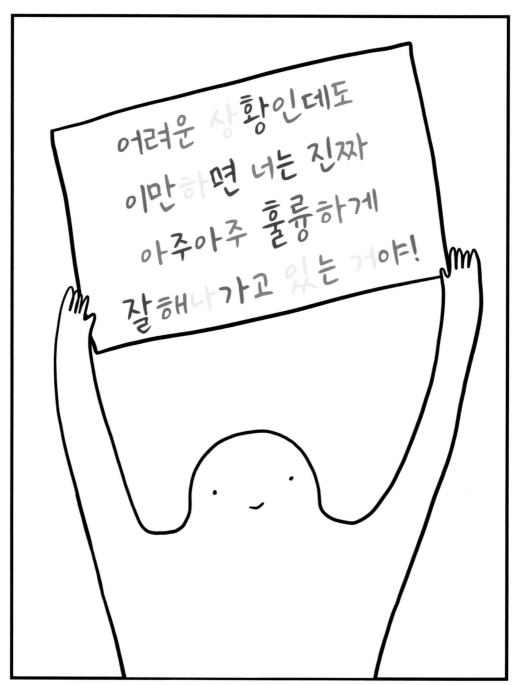

나에게 보내는 메시지

힘겨운　　　　날이　　　　있으면

평온한　　　　날도　　　　있는 법

모든　일을　동시에

해내는 건　불가능에

가까운　일이야

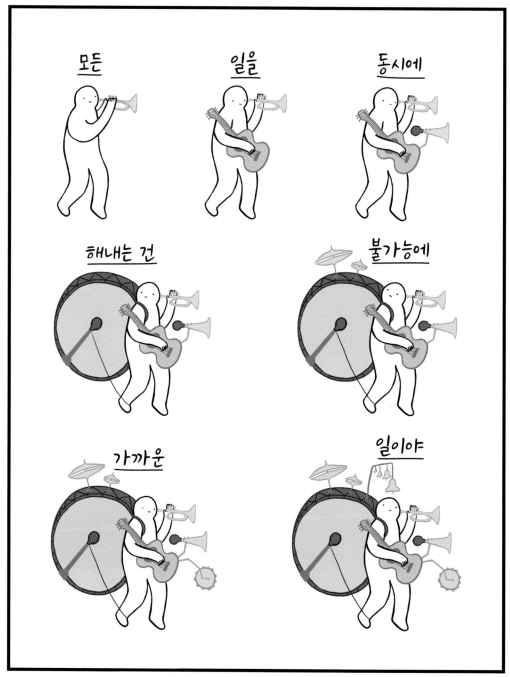

느긋한 마음으로 건강 챙기기

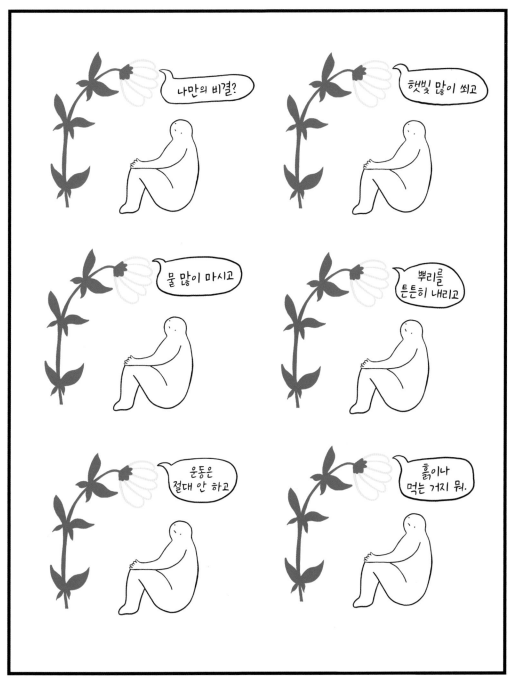

자연과 소통하기

절대로

변치 않는 건

모든 것이

변한다는 사실

계절이 바뀌듯이

인생은 소시지를 닮은
닥스훈트 강아지처럼
아주 길고도 짧은 것

엄청나게 근사하면서도
무진장 우스꽝스러운 것

그리고 허리 통증을 달고 사는 것

당신의

마음을

소중히

아껴주세요

칭찬의 힘

숨은 의미를 깊이 파헤쳐보기

공생 관계

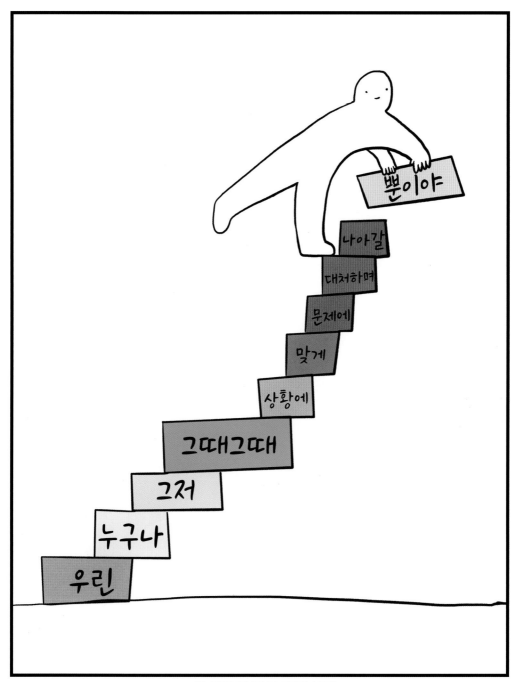

한 걸음씩 딛고 올라서기

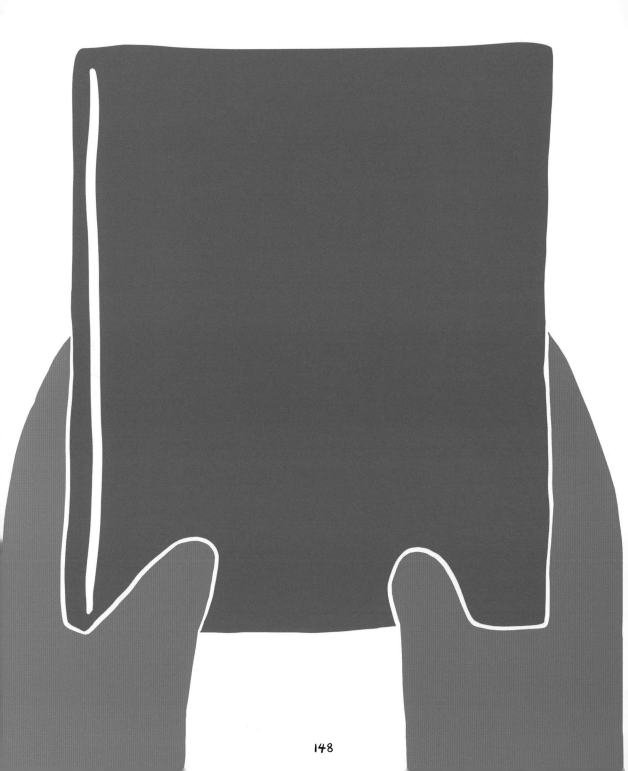

148

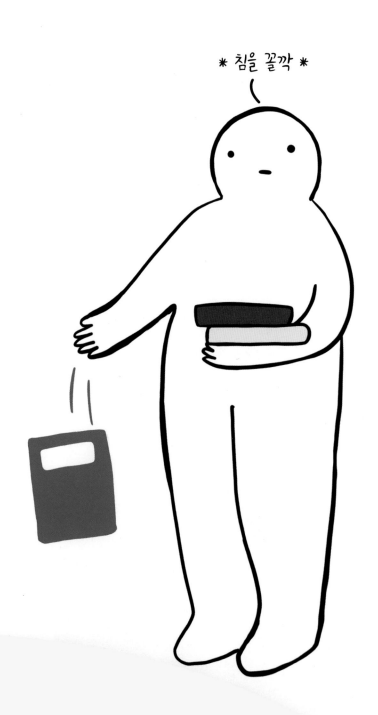

괜찮아.
당황하지 말고,
우리…

엉엉 울까?
죽은 척할까?

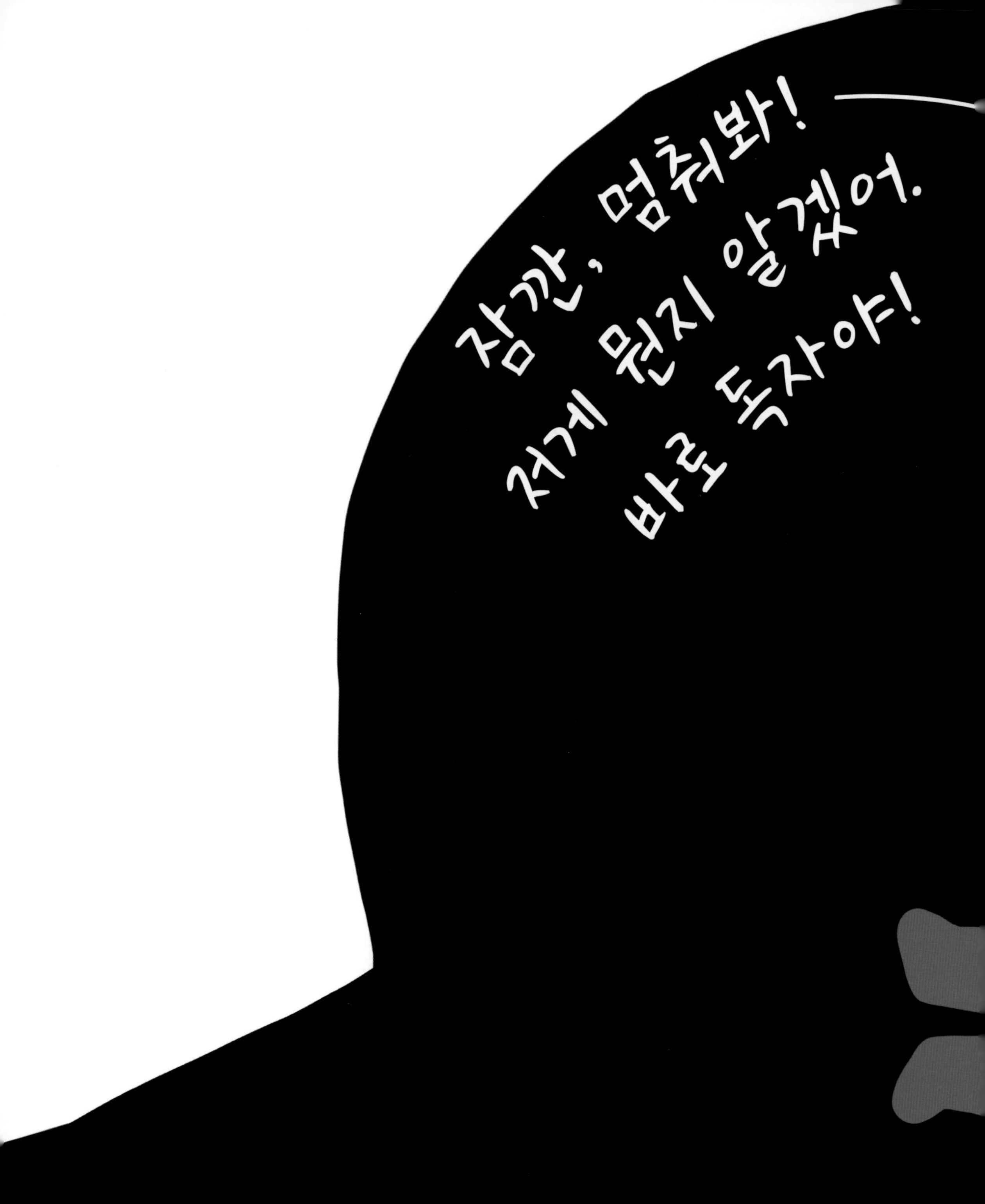
잠깐, 멈춰봐!
저게 뭔지 알겠어.
바로 독자야!

괜찮아. 독자들은 아주
점잖고 지적인 부류니까
걱정할 것 없어.

그렇게 점잖은
양반들이 왜 저런 시커먼
그림자만 보여주는 거야?
그리고 똑똑하다면서
네가 쓴 책 쪼가리나
읽고 있다고?

독자님,
안녕하세요!

아무튼 나는 네 뒤에 꼭
붙어 있을게. 이렇게 하면
너를 방패막이로 쓸 수
있으니까.

162

사랑에 관한 그림

나 자신을 사랑하려는 시도

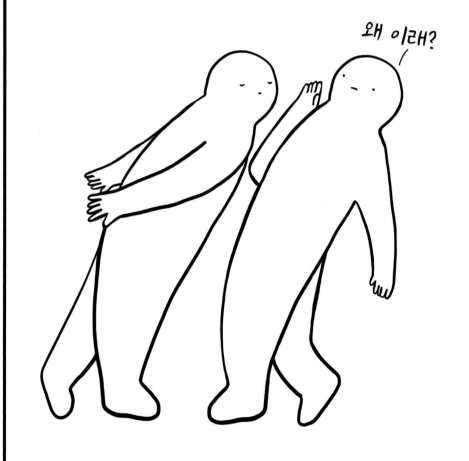

풍덩 빠져들기

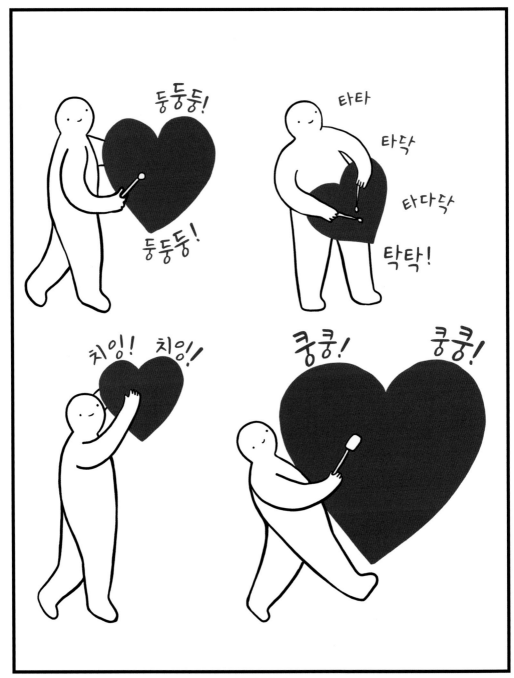

심장 박동

느린 걸음으로

어떤 사랑 이야기

예전엔 심장을
소맷부리에
달고 다녔어요

모두가 똑똑히
볼 수 있게요

하지만 언제부턴가
위치를 옮겨야 했죠

누군가 제 심장을
훔쳐 가려 했거든요

이러면 쉽게 때도 안 타니 일석이조예요.

타이밍 맞추기

다섯 가지 사랑의 언어

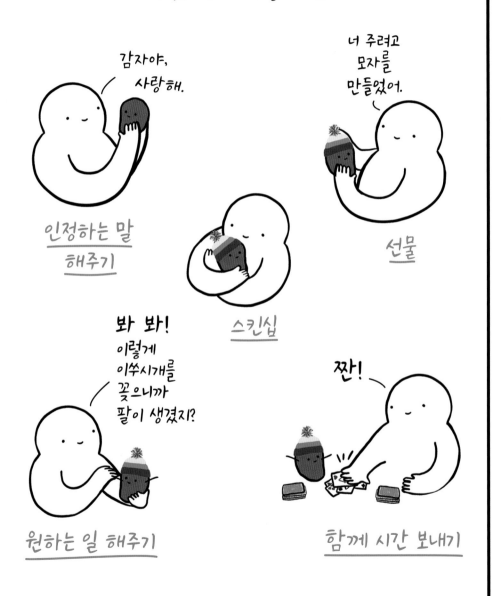

감자야,
사랑해.

너 주려고
모자를
만들었어.

인정하는 말
해주기

스킨십

선물

봐 봐!
이렇게
이쑤시개를
꽂으니까
팔이 생겼지?

짠!

원하는 일 해주기

함께 시간 보내기

내 눈엔 너만 보여.

터질 듯 강렬한 결합

함께 성장하며 가까워지기

사랑도 자란다.

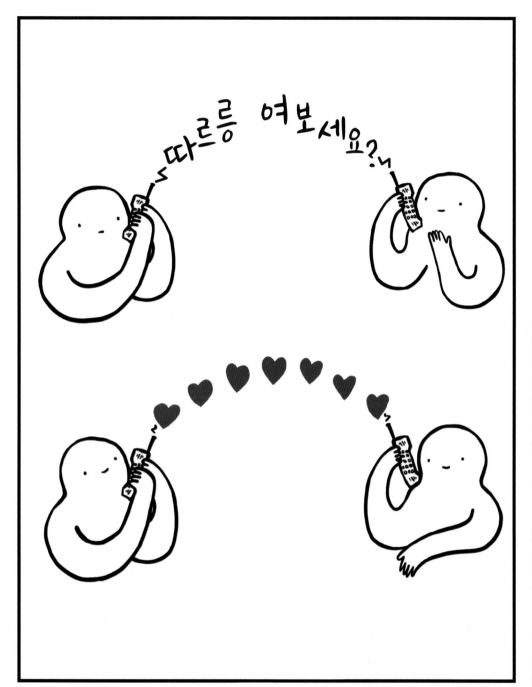

친구에게 전화 걸기

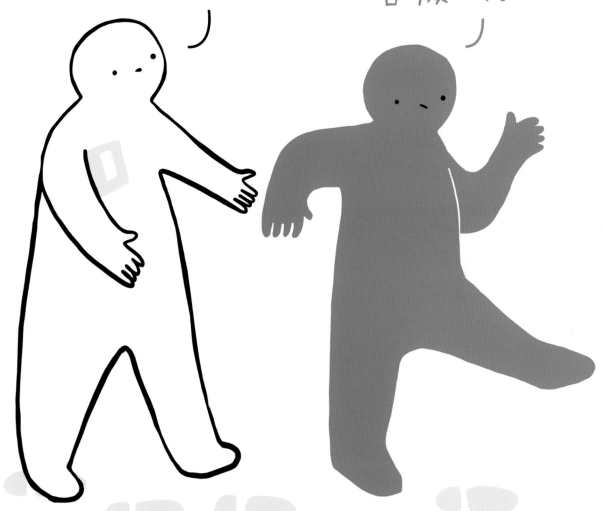

179

180

희망에 관한 그림

살기 위해 붙잡는 것

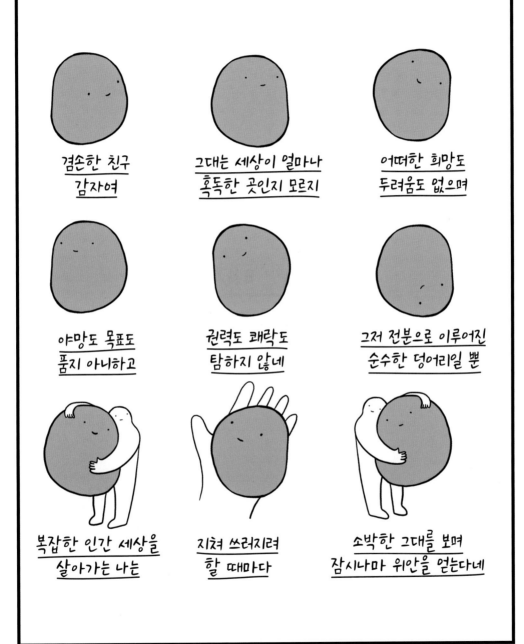

겸손한 친구
감자여

그대는 세상이 얼마나
혹독한 곳인지 모르지

어떠한 희망도
두려움도 없으며

야망도 목표도
품지 아니하고

권력도 쾌락도
탐하지 않네

그저 전분으로 이루어진
순수한 덩어리일 뿐

복잡한 인간 세상을
살아가는 나는

지쳐 쓰러지려
할 때마다

소박한 그대를 보며
잠시나마 위안을 얻는다네

다정한 나의 감자

최선의 결과를
희망하면서

어중간하게

끝나버릴 상황도
대비하자

늘 마음의 준비를 해두면 우왕좌왕하지 않는다.

까꿍

긍정의 언어

나는 용기다

나는 사랑이다

나는 감자다

나는 자라는 새싹이다

나는 훌륭한 음악이다

나는 산들바람이다

나는 하이킥이다

나는 희망이다

나는 아름다운 혼돈이다

큰 소리로 따라 해보자.

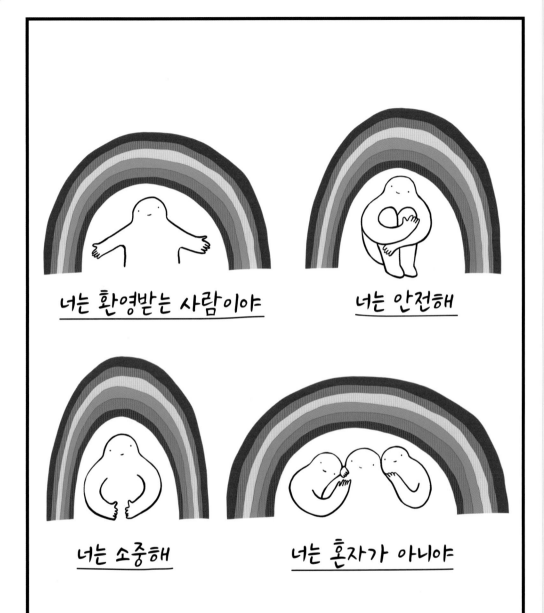

너는 환영받는 사람이야

너는 안전해

너는 소중해

너는 혼자가 아니야

자신감이 행복을 가져온다.

고개 들고 당당하게

네 먹구름까지 몰고 와도 괜찮아.

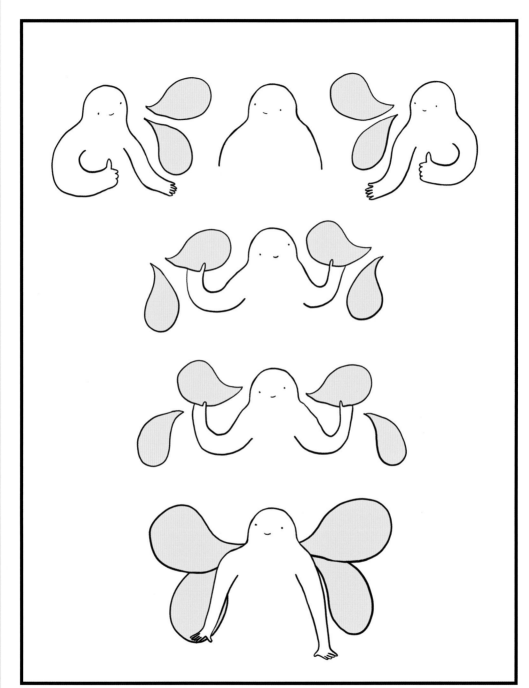

기운을 북돋아주는 말

190

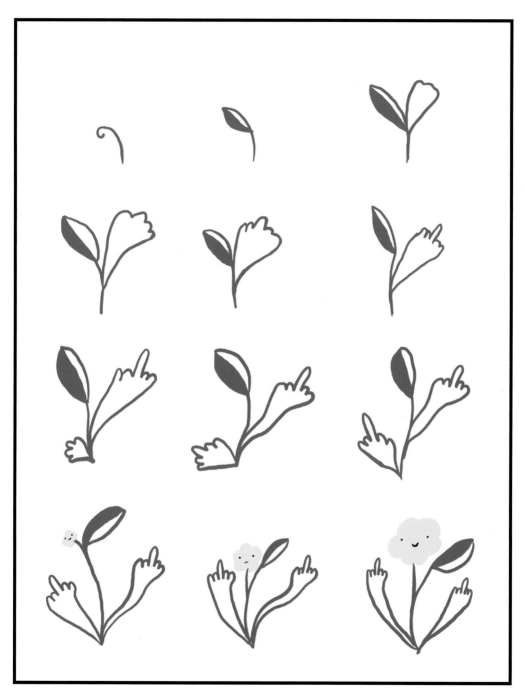

활짝 피었습니다.

좋은 말만 찾아 읽기

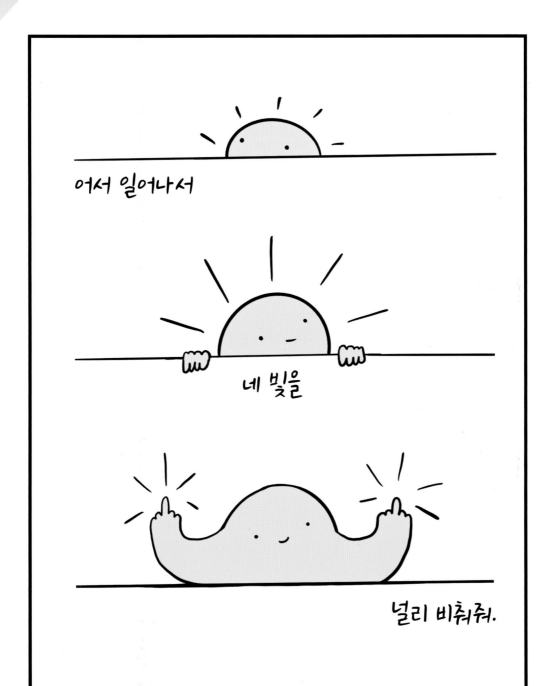

어서 일어나서

네 빛을

널리 비춰줘.

굿 모닝!

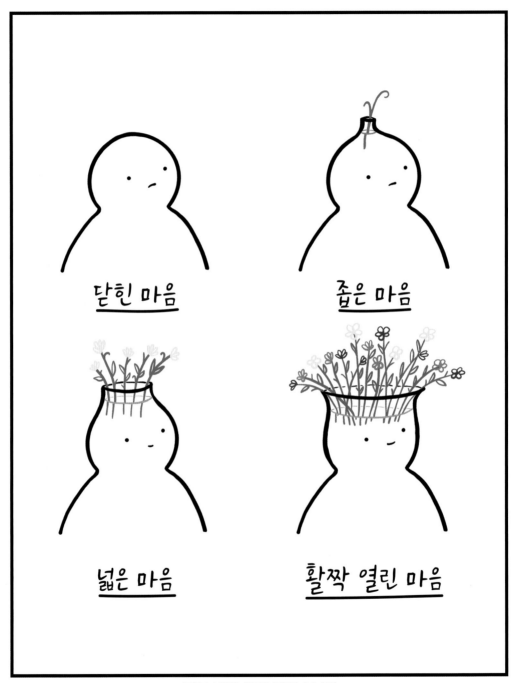

닫힌 마음

좁은 마음

넓은 마음

활짝 열린 마음

마음 밭에 꽃이 피었습니다.

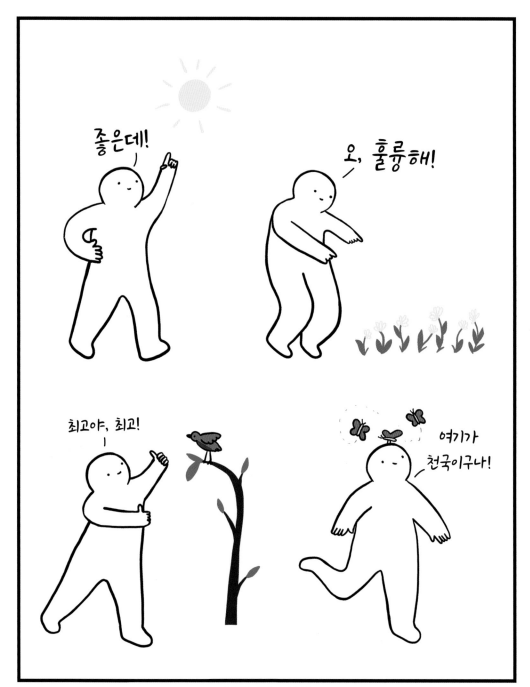

내가 사는 세상

걱정아, 몇 페이지 뒤로
먼저 가 있을래?
난 금방 따라갈게.

저기 희망이가
보이는 것 같아!

197

독자님… 이 책이 완전히 끝나기 전에
몇 가지 드리고 싶은 말씀이 있어요.
스포일러 같아서 죄송하지만,
이제 마지막 페이지가
얼마 안 남았거든요…

헤헤. 이렇게 얼굴을 마주하고
말씀드리려니 조금 쑥스럽긴 하지만,
그래도 이 책을 읽어주셔서 진심으로,
마음속 깊이 감사드린다는 말을
어떻게든 꼭 전하고 싶었어요.
그리고 독자님은, 음, 뭐랄까…

저의 내면을 끊임없이 뒤흔드는
불안과 걱정에 대해 들으셨잖아요.
그러니까 독자님도 속마음을 털어놓는 게
조금은 쉬워졌으면 좋겠어요.

그리고 혹시 저처럼 가끔씩
희망이 사라진 것처럼 느껴진다면,
그저 몇 페이지 뒤에 가 있는 것
뿐이란 걸 기억해주세요.

우웩, 난 또
심각하게
손발이
오그라드는
기분이야.

아휴,
제발 조용히
넘어가자!

마지막으로 드리고 싶은 말씀은,
이건 당신에게 바치는 책이라는 거예요.

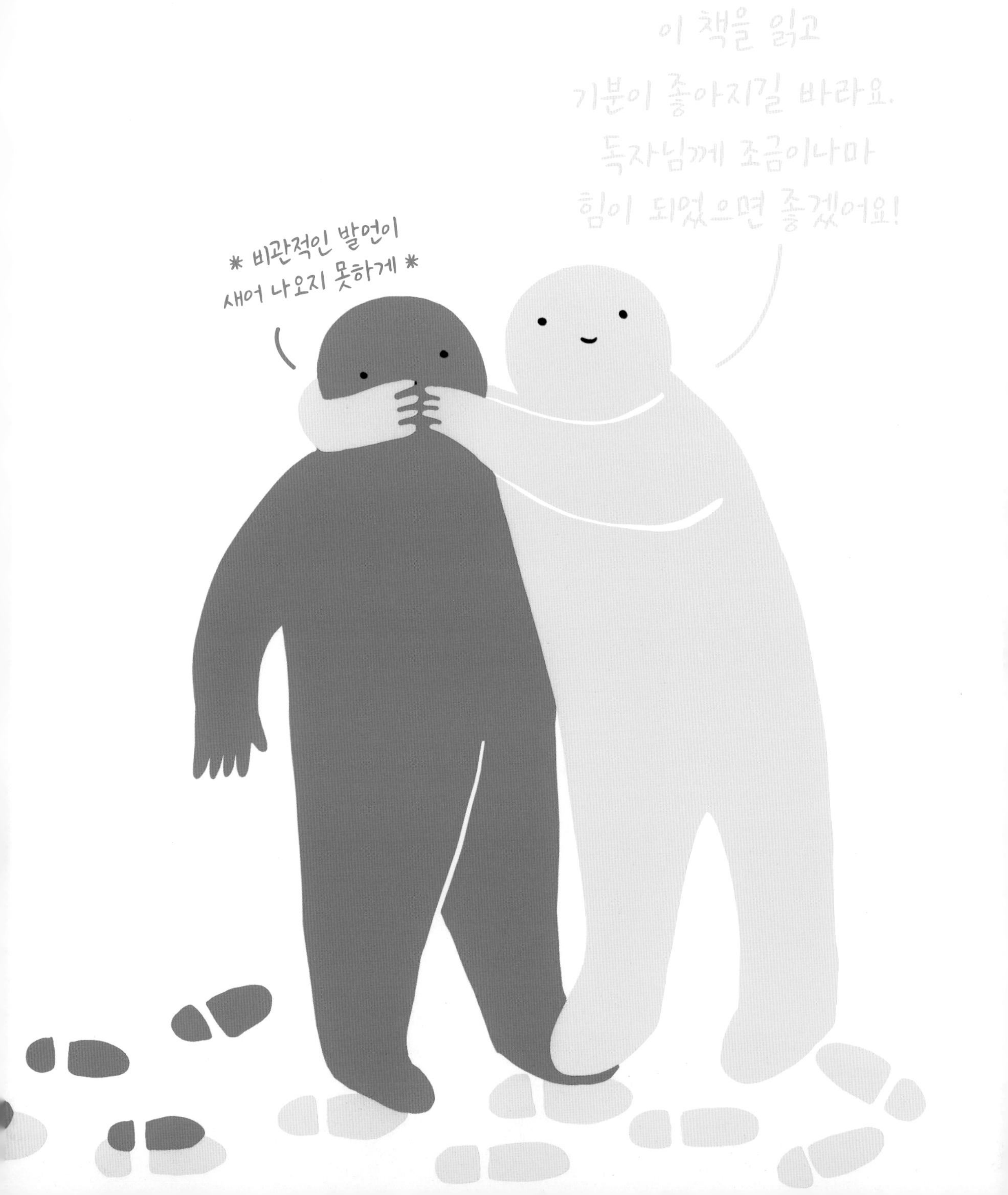
이 책을 읽고
기분이 좋아지길 바라요.
독자님께 조금이나마
힘이 되었으면 좋겠어요!
* 비관적인 발언이
새어 나오지 못하게 *

기분 좋아지는 책

2022년 04월 26일 초판 01쇄 발행
2024년 03월 20일 초판 03쇄 발행

지은이 워리 라인스 옮긴이 최지원

발행인 이규상 편집인 임현숙
편집장 김은영
콘텐츠사업팀 문지연 강정민 정윤정 이채영 김희진
디자인팀 최희민 두형주
채널 및 제작 관리 이순복 회계 김하나

펴낸곳 (주)백도씨
출판등록 제2012-000170호(2007년 6월 22일)
주소 03044 서울시 종로구 효자로7길 23, 3층(통의동 7-33)
전화 02 3443 0311(편집) 02 3012 0117(마케팅)
팩스 02 3012 3010
이메일 book@100doci.com(편집·원고 투고)
        valva@100doci.com(유통·사업 제휴)
포스트 post.naver.com/h_bird
블로그 blog.naver.com/h_bird
인스타그램 @100doci

ISBN 978-89-6833-373-6 03840
허밍버드는 (주)백도씨의 출판 브랜드입니다.